총상 입은
밤하늘

Night Sky
with Exit Wounds

총상 입은
밤하늘

Night Sky
with Exit Wounds

오션 브엉
Ocean Vuong

안톤 허
옮김

문학과
지성사

오션 브엉 시집
총상 입은 밤하늘

제1판 제1쇄 2022년 12월 13일

지은이 오션 브엉
옮긴이 안톤 허
펴낸이 이광호
주간 이근혜
편집 박솔뫼 김은주
마케팅 이가은 허황 이지현 맹정현
제작 강병석
펴낸곳 ㈜문학과지성사
등록번호 제1993-000098호
주소 04034 서울 마포구 잔다리로7길 18(서교동 377-20)
전화 02)338-7224
팩스 02)323-4180(편집) 02)338-7221(영업)
대표메일 moonji@moonji.com
저작권 문의 copyright@moonji.com
홈페이지 www.moonji.com

ISBN 978-89-320-4103-2 03840

tặng mẹ [và ba tôi]

나의 어머니 [& 아버지]께

펜으로 지운 풍경이
여기에 다시 솟아오르다.

베이다오北島

차례

문턱
13

───

일러두기

1

이 책은 Ocean Vuong의 *Nigth Sky with Exit Wounds*
(Washington: Copper Canyon Press, 2016)를
우리말로 옮긴 것이다.

2

각주는 옮긴이가 쓴 것이다.

3

시의 한 행이 다음 줄로 이어질 때 두번째 줄에서
들여써서 한 행임을 나타냈다.

문턱

몸에서는 모든 것에 대가가 있기에
    나는 거지였다. 무릎 꿇고

나는 엿보았다: 열쇠 구멍 너머, 샤워
    속의 남자 대신,

그를 관통하는 비를. 지구본처럼
    둥근 어깨에 기타 줄이 튕긴다.

그는 노래 부르고 있었다, 그래서
    아직도 기억한다. 그의 목소리 ―

나를 속속들이 채웠다, 온몸의
    뼈가 되어. 내 이름조차

내 안에서 무릎 꿇고
    살려달라고 애원했다.

그는 노래 부르고 있었다. 그게 내 기억의 전부다.
    몸에서는 모든 것에 대가가 있기에

난 살아 있었다. 몰랐다
      그보다 나은 삶의 이유가 있었는지.

그날 아침, 아버지는 동작을 멈췄고
      — 장대비 속 정지된 검은 수망아지 —

문 뒤에서 초조한
      내 숨소리에 귀 기울였다. 몰랐다,

노래 속으로 들어가는 대가가 — 나오는 길을
      잃는 것이라고는.

그래서 들어갔고. 그래서 내 모든 것을 잃었다.
      두 눈을

부릅뜬 채.

텔레마코스

여느 착한 아들처럼 아버지를
물에서 끌어내, 머리카락을 쥔 채

흰 모래사장 위로 질질 끌자 그의 주먹이
홈을 파고 파도가 밀려와 지운다. 왜냐면 도시가

더 이상 우리가 떠난 해변에
있지 않으니. 왜냐면 폭탄 맞은

성당은 이제 나무들의
성당이니. 나는 아버지 옆에 무릎 꿇어

내가 어디까지 가라앉을지 지켜본다.
날 알아보겠어요, 아빠? 하지만 답이 없다. 답은

바닷물이 가득 고인, 등에 박힌
총알 구멍. 너무도 가만히 계셔서

그 누구의 아버지일 수도 있겠다, 어느
초록 유리병이 손길 한 번 닿은 적

없이 일 년을 담은 채 어린 소년의
발밑에서 발견되듯이. 그의

귀를 만져본다. 부질없다. 그를
뒤집어 누인다. 마주하기 위해. 그의

바다처럼 검은 눈 속의 성당을. 얼굴은
내 것이 아니다―다만 내 모든

애인들에게 자기 전에 입맞춤할 때 쓸 얼굴이다.
아버지의 입술을 내 입술로

봉인하고 익사의 작업에
충실히 뛰어들 때.

트로잔*

손가락 한 마디 만큼의 어둠만 남은 밤, 그는
빨간 드레스 안으로 들어간다. 불꽃은
관 넓이쯤 되는 거울에 갇힌다. 쇠는 그의
목구멍 속에서 번쩍인다. 플래시, 새하얀
별표. 보아라
그의 춤을. 푸른 멍빛의 벽지가 갈고리 모양으로
까질 동안 그는 빙글빙글 돌고, 그의 말-
머리 모양의 그림자가 가족사진들에
드리워지고 유리는 그 얼룩 밑에서
금이 간다. 그는 여느 균열처럼
움직이며 가장 한시적인 문들을 보여준다. 드레스는
사과껍질처럼 그에게서
나풀나풀 벗겨진다. 그들의 검들이
그 안에서
날이 서지 않은 양. 인간의 얼굴을 한 이
말 한 필. 칼날과 야성으로
가득 찬 이 배[腹]. 춤으로 그의 갈비뼈 아래
뛰는 그 살인마의 심장을
멈출 수 있기라도 하듯. 드레스를 입은 한 소년이
두 눈을 빨갛게 감으면
얼마나 쉽게 사라지는지

그의 말굽 달리는 소리

아래로. 말 한 필이 얼마나 달릴 수 있는지

날씨로—바람으로 변할 때까지. 얼마나

바람같이 그를 볼 것인지. 그들은 도시가 불타고 있을 때 가장

또렷이

그를 볼 것이다.

* 트로이 사람을 뜻하는 트로잔trojan은 콘돔 회사의 이름이기도 하다.

불타는 도시의 오바드

남베트남, 1975년 4월 29일. 미군 라디오 방송은
어빙 벌린의 "화이트 크리스마스"를 트는 것을
신호로, 사이공 함락에서 행한 최후의 미국 민간인과
베트남 난민 헬리콥터 후송 작전인 프리퀀트 윈드
작전(Operation Frequent Wind)을 개시한다.

거리에 우윳빛 꽃잎이 여자아이의
옷 조각처럼 떨어진다.

당신의 나날이 즐겁고 찬란하기를……

그는 찻잔에 샴페인을 따라 그녀의 입술로 가져간다.
열어봐, 그가 말한다.
그녀가 연다.
밖에서 군인이 담배를
뱉어내고 광장은 하늘에서 돌멩이가 떨어지듯
발소리로 채워진다.

그대의
모든 크리스마스가 화이트 크리스마스가 되기길
교통정리 순경이 권총집을 푼다.

그의 손끝이 그녀의 흰 드레스
치맛자락을 스친다. 단 하나의 촛불.

그들의 그림자—두 개의 심지.
군용 트럭이 속도를 내며 교차로를 통과하고, 안에서는
아이들이 비명 지른다. 자전거 한 대가
가게 창문을 깬다. 먼지가 피어오르고, 검은 개 한 마리가
헐떡거리며 도로에 누워 있다. 그의 뒷다리가
화이트 크리스마스
의 빛 속으로 깔려버린 채.

침대 머리맡에 꽂힌 목련화 한 송이가 처음 들은 비밀처럼
서서히 편다.

트리 꼭대기는 반짝이고 아이들은 노래에 귀를 기울이고,
엎질러진 코카콜라에 코를 박은 경찰청장.
그의 귀 옆에서 젖어 드는
손바닥만 한 아버지 사진.

노래는 미망인처럼 도시를 떠돈다.
화이트…… 화이트……난 꿈을 꾼다, 눈이 커튼처럼

그녀의 어깨 위로 떨어지는 모습을.

눈은 창문을 휘갈긴다. 총격으로
갈겨진 눈을. 붉은 하늘.
도시의 성벽을 넘는 탱크를 덮은 눈.
헬리콥터가 산 자들을 손끝조차 닿지 못하는 곳으로

들어 올렸다.

너무나 하얀 나머지 잉크 먹을 준비가 된 도시.

라디오는 도망쳐 도망쳐 도망치라고 말한다.
우윳빛 꽃잎이 검은 개 위로 떨어진다
여자아이의 옷 조각처럼.

당신의 나날이 즐겁고 찬란하기를. 그녀는 말한다
둘 다 들을 수 없는 뭔가를. 호텔이 그들의 발밑에서
흔들린다. 침대는 얼음 밭이다.

걱정 마, 그가 말한다, 첫 포탄의 플래시가 눈앞에서
터질 때, *내 형제들이 전쟁에서 승리했고*
내일은……
불이 꺼진다.
난 꿈꾼다. 난 꿈꾼다……
눈 속의 썰매 방울 소리를……

아래 광장에서는 여승 한 명이 불타며
조용히 그녀의 신을 향해 달려간다—

열어봐, 그가 말한다.
그녀가 연다.

가장자리에 조금 더 가까이

무엇도 그들을 바꿀 수 없다고 믿을 정도로
젊은 두 사람이 앞으로 나아간다, 손을 잡고서,

폭탄에 팬 곳으로. 밤은 검은 치아로
가득하다. 남자의 짝퉁 롤렉스, 몇 주 후면

그녀의 뺨에 부서지겠지만 지금은 작은
달마냥 그녀의 머리카락에 덮여 빛이 사그라진다.

이 버전에서 뱀은 머리가 없다—잠잠하다
연인의 발목에서 풀어버린 노끈처럼.

남자는 여자의 하얀 면 치마를 들어 올리며 한
시간을 발견한다. 그의 손. 그의 두 손. 그 안의

음절들. 오 아버지, 오 복선이여, 파고들어 주오
그녀 안으로—벌판이 귀뚜라미 울음소리로

갈기갈기 찢어지는 동안. 보여주오, 파멸이 어떻게
골반 속에 터전을 잡는지. 오 어머니,

오 분침이여, 가르쳐주오
목마름이 물을 잡듯 남자를

잡는 법을. 모든 강이 우리의 입을
부러워하게. 모든 입맞춤이 몸을

계절처럼 명중하도록. 사과가 빨간 발굽으로
천둥처럼 땅을 치는, 내가 당신의 아들인 곳에서.

이민자 하이분

당신에게 가는 길은 안전하다
바다로 나를 데려간다 해도.
에드몽 자베스

*

그때, 숨을 내쉬듯, 바닷물이 배 아래에서 부풀었다. 무언가를 꼭 알아야 한다면 한 번뿐인 삶을 사는 게 가장 어렵다는 사실. 혹은 배가 침몰하면 한 여성이 구명보트가 된다는 사실 — 그의 피부가 아무리 고와도. 내가 잘 때, 남자는 내 발을 따뜻하게 하기 위해 마지막 남은 바이올린을 불태웠다. 내 옆에 누워 목덜미에 한 단어를 얹었는데, 그 단어가 위스키 한 방울로 녹았다. 내 등을 타고 흘러내리는 녹슨 금가루. 우린 수개월 동안 항해하던 터였다. 소금기 깃든 문장들. 항해를 했으나 — 세상 끝은 어디에도 보이지 않았다.

*

우리가 떠났을 때 도시 곳곳에서 아직 연기가 피어오르고 있었다. 그것 빼고는 완벽한 봄날 아침이었다. 하얀 히아신스가 대사관 잔디밭에서 헐떡거렸다. 하늘은 9월같이 높았고 비둘기들은 폭탄 맞은 제과점에서 튀어나온 빵 부스러기를 열심히 쪼았다. 바스러진 바게트. 으깨진 크루아상. 불타버린 차. 검게 그을린 말들을 돌리고 있는 회전목마. 남자는 미사일의 그림자가 보도에서 점점 더 커지는 모습이 마치 하느님이 우리 머리 위에서 피아노 치는 시늉을 하는 것 같다고 말했다. *너에게 할 말이 너무 많아,* 그가 말했다.

*

별들. 아니, 천국의 배수구들―기다린다. 작은 구멍들. 우리가 쏙 들어갈 만큼만 잠깐 열리는 작은 세기들. 말리기 위해 갑판 위에 둔. 그를 등진 나. 물회오리에 담근 내 발. 그는 내 옆에 쪼그려 앉았고, 그의 숨은 하나의 엉뚱한 날씨다. 그가 내 머리를 바다 한 줌으로 적시고 짜내도록 둔다. *가장 작은 진주들―다 당신거야.* 눈을 뜬다. 내 손에 든 그의 얼굴은 상처처럼 축축하다. 그가 말한다. 우리가 육지까지 버틴다면 우리 아들에게 이 물의 이름을 붙이겠어. 난 괴물을 사랑하는 법을 배울 거야. 그가 미소 짓는다. 입술이 있어야 할 자리에 흰 하이픈이 있다. 머리 위로 갈매기가 난다. 별자리 사이에 펄럭이며 놓치지 않으려는 손들이다.

27

＊

안개가 걷힌다. 그리고 보인다. 지평선이 ― 갑자기 사
라졌다. 이젠 물빛 절벽을 예고할 뿐. 깔끔하고 자비로
운 ― 그가 원했던 것처럼. 동화책처럼. 마지막 장을 덮
으면 우리의 무릎 위에서 웃음으로 변해버리는, 그런
동화책. 나는 돛을 모조리 올린다. 그는 내 이름을 공
중으로 던진다. 나는 그 음절들이 갑판에 자갈로 부스
러지는 것을 본다.

＊

분노에 찬 울음. 뱃머리가 바다를 둘로 가른다. 그는
도둑이 제 마음을 들여다보듯이 그 모습을 뚫어지게
본다 ― 뼈와 나뭇조각 투성이를. 파도가 양쪽에서 일
어난다. 배는 액체의 벽으로 둘러싸인다. *봐!* 그가 말
한다. *이제 보인다!* 위아래로 뛴다. 타륜을 붙잡은 채
내 손목에 입 맞춘다. 그는 소리 내어 웃지만 눈이 그
를 배신한다. 아름다움이 자신을 바꿀 수 없다는 것을
증명하려고 모든 아름다움을 망쳤다는 것을 알면서도
웃는다. 그리고 여기서 반전 ― 지는 해가 있어야 할
자리에 코르크가 있다. 그것은 항상 거기에 있었다. 이
쑤시개와 강력접착제로 만든 배가 있다. 크리스마스
파티 와중, 벽난로 위 와인 병 속에 배가 있다 ― 빨간
일회용 플라스틱 컵에서 에그노그가 넘친다. 하지만

28

우린 여전히 항해한다. 여전히 뱃머리에 서 있다. 유리
에 갇힌 웨딩 케이크 커플 모형처럼. 물은 더없이 잔잔
하다. 물은 공기 같고, 시간 같다. 모두 떠들고 노래하
는데 그는 노래가 자신을 위한 것인지 —혹은 어린 시
절로 오해한 불타는 방들을 위한 것인지 헷갈린다. 모
두 춤추는 동안 작은 남자와 여자가 초록색 병 속에 갇
혀 삶의 끝에서 누군가 이 말을 해주길 기다리고 있다.
*저기! 그렇게 멀리까지 갈 필요가 없었는데. 왜 이렇게
멀리 갔어?* 마침 야구방망이가 온 세상을 박살 낸다.

*

무언가를 꼭 알아야 한다면, 네가 아니었다면 아무도
오지 않았을 것이고 그게 네가 태어난 이유라는 것이
다. 배가 흔들리며 내 배 속에서 네가 부풀었다 —소
년으로 굳어지는 사랑의 메아리. 가끔 내가 "&" 기호
인 느낌이다. 잠에서 깰 때 부서짐을 기다린다. 몸이
란 답이 없애지 못하는 유일한 질문일지도. 얼마나 많
은 입맞춤을 입술에 부수며 기도했는지 —그 파편만
줍는 꼴이 되어서도. 꼭 알아야 한다면, 남자를 이해
하는 최고의 방법은 네 치아를 통해서다. 한 번, 녹색
폭풍우 내내 빗물을 삼킨 적이 있다. 몇 시간 동안 드
러누워, 내 소녀 시절이 열린 채. 들판은 내 밑으로, 사
방으로 펼쳐지고. 얼마나 달콤했던지. 그 비가. 하늘에
서 떨어지기만을 위해 사는 것은 달콤할 수밖에 없고.

빗물에서 물을 벗겨내면 순수한 의지만 남고. 의지는
양분이 된다. 모두가 우릴 잊어도 좋아—너만 우리를
기억한다면.

*

마음속의 여름.
하느님은 그의 다른 눈을 뜬다.
호수 안의 두 개의 달.

언제나&영원히

내가 가장 필요할 때 열어봐,
                그가 말했다, 접착테이프로 꽁꽁 포장된

신발 상자를 침대 밑에 넣으며. 그의 엄지는
                어머니의 허벅지 사이 떨림으로 아직

축축했고 내 눈썹 위 사마귀를 자꾸 어루만졌다.
                악마의 눈이 그의 치아 사이에서 불탔다

아니면 그가 대마 담배에 불을 붙였던 걸까? 그건 중요하지 않다.
  오늘 밤
                잠에 깨어 어머니가 머리에서 짜내는

목욕탕 물소리를 그의 목소리로 혼동한다. 일곱 번의
                겨울이 남긴 먼지가 쌓인 상자를 열고

거기서, 누렇게 변색된 겹겹의 신문지 사이에서
                콜트45 권총을 발견한다─과묵하고 무거운,

절단된 손과 같은. 나는 그걸 들고
              밤에 입은 총상은 아침만 한

관통상일지 생각해본다. 만약 그 구멍을
들여다보면 이 문장의 끝이

보일지. 아니면 그저 한 소년의 침대 머리맡에
무릎 꿇은, 휘발유와 담배 냄새에 찌든 회색
작업복 차림의

남자가 보일지. 혹은 그가 소년의 우유처럼 푸른 어깨를
감싸며, 그 날이 책장의 넘김 없이

끝날지. 소년은 자는 척을 하지만
그의 아버지는 더 꼭 껴안는다.

하늘을 향한 총대가 총알을 꼭 감싸줘야
한다, 그 총알이

말을 하도록.

아버지가 감옥에서 편지를 보내다

Lan oi,

Em khỏe khong? Giờ em đang ở đâu? Anh nhớ em va con qua. Hơn nữa 내가 / 어둠 속에서만 말할 수 있는 것들이 있어 / 어느 봄날 / 제왕나비를 공중에서 뭉겨버렸던 적 / 그 촉감이 궁금했거든 / 내 손으로 / 무엇이든 변하게 하는 걸 갈망해서 / 여기 그 손이 있어 / 그 손에 무언가 스치는 밤이면 잠에서 깨지 / 음악이나 빗방울이 닿거나 / 추억이 음악 속으로 지워지면 / 손들이 라일락 향기를 향해 뻗고 / 이끼로 덮인 절에 한 조각의 / 새벽이 죽은 / 쥐 한 마리의 눈에서 당신의 목소리가 곧 / 9mm 권총을 소년의 / 떨리는 볼에 누른 내 손끝에 / 앉았지 난 스물두 살이었고 총은 / 장전이 안 되었고 난 몰랐지 / 얼마나 쉬운지 / 떠난다는 것이 이 두 손은 / 가장 푸른 새벽 4시에 톱을 끌고 / 귀뚜라미는 비명 지르고 눈동자 안으로 / 케이폭 나무의 껍질은 / 침을 뱉으며 하나둘씩 쓰러지고 / 1시나 3시까지 푸른 어둠에 찍힌 톱이 / 그들의 나라에서 / 그들의 나라로 달려갈 때까지 / ak-47이라는 신의 목소리는 / 라일락을 / 멈추게 해 / 라일락을 어떻게 닫지 / 매일 내 창가에 피는데 / 저기 등대가 있는데 / 어떤 밤엔 당신이 등대일 때가 있고 / 어떤 밤엔 바다일 때가 있어 / 무슨 뜻인지 모르겠어 / 욕망이 뭔지 내가 / 부서지고 재조립되기를 / 원한다는 것 외에는 / 정신은 삶이라는 / 육체의 범죄를 잊고 다시 내 사랑 Lan 혹은 / Lan oi, 그게 무슨 상관이야 / 옆 감방에서는 한 남자가 매일 밤 / 어머니에게 젖을 달라고 애원하지 / 한 방울이라도 / 내 눈도 그의 눈과 같아 / 밤이 끝내 피흘리는 걸 보는 눈 / 이 등대의 밤은 가면이야 / 총의 개머리판에 너무 많이 얻어맞은 후 쓰는 / 금 간 가면과 같은 / Lan oi! Lan oi! Lan oi! / 너무 배고파/ 밥 한 공기 / 당신 한 컵 / 한 방울이라도 / 시계처럼 닮은 내 여자여 / 1988년에 갇힌 내 메아리여 / 감방은 오늘 밤 너무 춥고 / 제왕나비들이 / 더 이상 오지 않는 곳에서만 / 얘기할 수 있는 것들이 있지 / 그들의 날개가 오줌으로 매끈한 땅을 긁으며 / 허깨비 여인의 조각을 찾지 난 얼굴을 / 당신의 손바닥만 한 창문에 대고 / 해변 너머 / 회색빛의 새벽이 당신의 보라색 치맛자락을 들고 / 난 불붙는다

머리부터 먼저

Không có gì bằng cơm với cá.
Không có gì bằng má với con.
베트남 속담

모르겠니? 엄마의 사랑은
　　　　　　자존심을 방치
　　　한단다 불이
태우는 것의 울음을
　　　방치하듯이. 아들아,
　　　　　　내일도
넌 오늘을 가질 거다. 모르겠니?
　　　　　세상엔 여자의 가슴을 해골의
　　　　정수리를 만지듯
　　애무하는 남자들이 있단다. 그들은
꿈을 이고 산을
　　넘고, 죽은 자들을 등에
　　　　이고 간단다.
하지만 아이의 엄마만이 두 개의
　　　　뛰는 심장을
이고 걸을 수 있단다.
　　　　바보같은 아들.

넌 책 속에서 마음껏 스스로를 잊지만
절대로 신이
                자신의 손을 잊듯
너 자신을 잊지는 못할 거다.
            어디서 왔냐고
                그들이 너에게 물으면,
말해줘 너의 이름은
        어느 전쟁-여자의 치아가 다 빠진 입에서
                살 붙인 이름이라는 것을.
넌 태어난 게 아니라
                기어 나왔다는 것을, 머리부터 먼저 ―
개들의 굶주림 속으로. 아들아, 그들에게 말해줘
                몸이란 자를수록 더 날카로워지는
        칼날이라는 것을.

뉴포트에서 아버지가 해변에 밀려온
돌고래의 젖은 등에 볼을 대는 것을 보다

그는 눈을 감는다. 그의 머리는

돌고래의 갈라진 피부와 같은 색.
세 마리의 타락한 불사조

—그가 살았거나 살지 못했던 생들을
기념하는 성화들—가 새겨진

오른팔이 분홍색 주둥아리를
감싼다. 돌고래 이빨은

총알처럼 빛난다.
휴이. 토마호크. 반-

자동. 나는 가만히
닛산 자동차에 그와 앉아 파도가

우리 숨 위를 스쳐 지나가는 모습을
바라보다 그는 해변으로 달려든다, 다리를

절뚝거리며. 머스터드처럼
노란 노스페이스 잠바가

우리에게 스며든
회색 인생 속으로 사라진다. 파편

맞은. 벌채용 칼. 마지막으로 그가
저렇게 달리는 모습을 봤을 때 그의 주먹에는

망치가 있었고 어머니는

못 하나의 길이만큼 떨어져있었다.

　　　　　　　미국. 미국이란 우리가 도망가면서 본
위스키로 젖은 그의 입술에

　　　　　　반짝이는 가로등의 행렬이다. 한 가족이
비명을 지르며 프랭클린가를 뛴다.

　　　　　　　　ADD. PTSD. POW.* 파우 파우 파우
스나이퍼가 말한다. 좆까

　　　　　　　아버지가 말한다, 예광탄들이
야자수 잎 사이로 떨어진다. 콘페티처럼

　　　　　　　푸르게, 네가 푸르길 바라.
붉음에도 불구하고 푸르길, 나머지에도

　　　　　　불구하고 푸르길. 그의 무릎은 잉크처럼
검은 진흙 속으로 가라앉고 그는

　　　　　　물줄기 띠 하나를 벌름거리는
숨구멍으로 인도한다. 그래. 오케이. AK

　　　　　　-47. 난 평생 한 번만 열한 살일 수 있고
그는 무릎 꿇어 젖은 난민을

　　　　　　　　포옹한다. 파도가
삼키는

　　　　　　그의 다리. 돌고래의 눈동자는
갓난아기의 입처럼

　　　　　　헐떡인다. 그리고 다시 한번
난 조수석 문을 연다. 난 달린다

　　　　　　녹슨 수평선을 향해, 남은
땅이 없는 나라의 낭떠러지를

향해. 아버지를 좇는다

망자가 시간을

좇듯이 ─ 그리고 여전히 그 소리가
들리기에는 너무 멀더라도, 난 안다,

목이 꺾인 듯한 쪽으로
기운 모습만으로도,

아버지는 내가 가장 좋아하는
노래를

빈 두 손 안에서
부르고 있다는 것을.

＊ ADD는 주의력 결핍 장애를, PTSD는 외상후 스트레스 장애를, POW는 전쟁
포로를 뜻한다.

선물

a b c   a b c   a b c

그다음에 뭐가 오는지 그녀는 모른다.
그래서 다시 시작해본다.

a b c   a b c   a b c

하지만 나에게는 네번째 글자가 보인다:
검은 머리카락 한 올 — 알파벳에서
풀려나와
볼에
쓰인 양.

지금도 네일 살롱이
그녀의 주변을 감돈다. 이소프로필 아세테이트,
에틸 아세테이트, 염화물, 나트륨 라우릴
황산염 그리고 땀이 뿜어진다
그녀의 분홍색
I ♥ NY 티셔츠에서.

a b c   a b c   a b c — 연필심이 부러진다.

*b*의 배가 터지며
파랑이 깔린 하늘에
검은 먼지가 분다.

움직이지마, 그녀가 말하며
노란색 사체에서
흑연의 날개뼈를 집어내
내 손가락 사이에 밀어 넣는다.
다시 해봐. 그리고 다시
보인다: 머리카락 한 올이
그녀의 얼굴에서…… 종이에
떨어진다—그리고 산다
소리 하나 없이. 꼭 단어처럼.
아직도 그게 들린다.

총상으로서의 자화상

대신, 이것이 빗소리가 가린 모든 발자국의
메아리가 되게 하고, 가라앉는 배에 내던진

이름처럼 공기를 마비시키고, 도로에 묻힌
뼈들을 잊으려 도시의 부식과 쇠를 지나

케이폭 나무 껍질을 흩뿌리고, 연기와 부르다 만
찬송가에 병든 난민 캠프를 지나,

할머니Baà Ngoại의 마지막 촛불로 밝힌, 검게 녹슨
판잣집, 형제로 오해해 붙든 돼지의 얼굴들을 지나,

아무도 기억 못 하는 승리를 위한 증언으로
하얀 원더 브레드 식빵과 마요네즈를 갈라진 입술에

갖다 대는 이들의 방, 오직 웃음으로만 장식된,
눈밭 덕에 환해진 방에 진입하길, 생선 내장과 말보로

냄새가 휘감은 아버지의 팔에 들어 올려진 갓난
아기의 상기된 볼을 스치길, 존 웨인의
M16으로 쓰러지는 또 한 마리 갈색 동양놈들을 보며

화면에서 불타는 베트남을 보며

환호하는 모두의 귓속에서 흘러내리게 하라, 깨끗하게,
약속처럼, 소파 위 반짝이는 마이클 잭슨 포스터를

뚫기 전에, 자신과 같은 코를 가진 모든 백인 남자가 제
아버지라고 믿을 준비가 된 혼혈 여자가 서 있는

슈퍼마켓으로 침투해, 그녀의 입속에서 잠깐
노래 부르게 하고, 그녀를 토마토소스 병과 파란색

파스타 상자 사이에 눕혀, 짙은 빨간색 사과가
그녀의 손에서 구르게 하고, 하느님이 주기를 거부한

마지막 영성체라는 확신이 들 때까지 달을 응시하는
남편의 감방에도 침투해, 우리가 서로에게 주는 방법
　을 잊은

키스처럼 그의 턱을 치고, 1968년 하롱베이로
쉬익 날아가길 ― 하늘은 불로 바뀌고, 죽은 자만

하늘을 우러러보고, 그의 군용 지프차 뒷자리에서 임
　신한
시골 여자를 박고 있는 할아버지에게, 네이팜이

폭발하는 광풍에 노란 머리가 나부끼는 그자에게 닿길,
그의 미래 딸들이 자라날 먼지에 그를 꽂아버리고,

그들의 소금과 고엽제로 물집이 난 손가락으로
그의 올리브색 군복을 찢게 하고, 그의 목에서

대롱대는 이름을, *살아 살아 살아* 그 말을 다시 배우기
위해 그 이름을 쥐어 잡고 그들의 혀에 누르고—

하지만 이걸로도 모자라면, 이 죽음의 광선을 제
딸의 갈비뼈에 너덜거리는 살점을 도로 꿰매는 눈먼

여자처럼 내가 짜게 하라. 그래—이 소총을
장전하기 위해 내가 태어났다고 믿게 해달라,

미끈하고 매끄럽게, 진정한 찰리*처럼, 빗소리에
흐릿해진 귀신들의 발자국처럼 가늠자 안으로 몸을
   낮춰—기도한다.

아무것도 움직이지 않기를.

* 미군은 남베트남 인민해방군을 찰리라 불렀다.

추수감사절, 2006년

브루클린은 오늘 밤 너무 춥고

내 친구들은 모두 3년 후에 있다.

어머니는 나보고 무엇이든

될 수 있다고 했으나—난 삶을 택했다.

오래된 브라운스톤 건물 현관 앞 계단에서

담배 한 대가 불타다 희미해진다.

그것을 향해 걸어간다— 침묵으로

날을 간 칼날인

연기 속에 새겨진 그의 턱선.

내가 이 도시로 재진입하는

입. 낯선 그대, 또렷한

메아리여, 과부의 눈물만큼 맑은 피로 채워진

내 손이 여기 있다. 난 준비되었다.

당신이 남기고 간 모든 짐승이 될

준비가 되었다.

가정 파괴범

그리고 우리는 이렇게 춤췄지: 어머니들의
하얀 드레스가 우리 발에서 흘러내리고, 늦은 8월이

우리 손을 검붉게 물들이며. 그리고 우리는 이렇게
사랑했지:
보드카 한 병 그리고 다락방의 오후, 네 손가락이

내 머리카락을 쓸고—내 머리에 들불이 일었지. 우리가
귀를 가렸을 때 네 아버지의 울화는

심장박동으로 변했지. 우리가 입술을 맞췄고 그날은
관처럼 닫혔지. 마음의 박물관에는

머리 없는 두 사람이 불타는 집을 짓고 있어.
벽난로 위에는 항상 엽총이

걸려 있었지. 또 버려야 할 한 시간—그래봤자
신에게 다시 달라고 할 시간. 다락방 아니면 차에서라도. 차가

아니면 꿈에서라도. 그 남자 아니면 그의 옷이라도.
산 채로가 아니면, 수화기를 내려.

1년이란 제자리로 돌아오는

여행의 거리이니까. 말하고 싶은 건:우리는 이렇게
춤췄지:잠자는 몸 안에서 혼자. 말하고 싶은 건:

우리는 이렇게 사랑했지:혀에서 난 칼날이
혀로 변하면서.

당신을 노래하다

우리가 해냈어, 자기야

　　　　　　　우린 검은색 리무진 뒷자리에
앉았지. 그들은 우리의 이름을 외치도록

　　　　　　　　　사람을 길 양옆으로 깔았어.
그들은 당신의 윤기 나는 머리와 잘 다린

　　　　　　　　　　　회색 슈트를 신뢰해.
그들은 내가 선량한 시민이라는 사실을

　　　　　　　　　좋아하지. 난 내 나라를 사랑해.
모든 것이 괜찮은 척을 해.

　　　　　　　　　난 어느 남자와 그의 금발 딸이
몸을 낮추는 걸 못 본 척하고, 당신이

　　　　　　　　　　내는 멱을 따는 소리가
나를 부르는 것이

　　　　　　　　　　　아닌 척해.
난 아직 재키 O가 아니고

　　　　　　　　당신 머리에 구멍은 없고, 녹슨
안개 너머 잠깐의 무지개가

　　　　　　　　　　보여. 난 내 나라를 사랑해
하지만 누가 그걸 믿어? 난 쏟아지려는

　　　　　　　　　당신의 뜨거운 생각들을 손으로
막고 있어, 달링, 내 사랑스러운

잭. 당신의 기억 한 조각을 주으려
자동차 트렁크로 손을 뻗고 있어.

우리가 키스하고 나라가 반짝였던
기억. 당신은 뒤로 쓰러지고. 당신

손에 힘이 풀리고. 뒷좌석은
당신으로 범벅이고, 내 자홍색

드레스도 당신으로 짙어지고. 하지만 난
선량한 시민이지, 예수와

앰뷸런스로 둘러싸인. 난 내 나라를
사랑해. 구겨진 표정들.

내 나라. 파란 하늘. 검은색
리무진. 내 흰 장갑 한 짝을

분홍색으로 빛나게 하는—우리 모두의
아메리칸 드림.

여름이니까

밤 9시 넌 멍든 채 네 자전거를 타고
공원으로 가지 단풍나무들에 비닐봉지가 걸려 있고
옥수수 밭을 깔끔히 밀며 다져진 몸은 근육질이고
넌 이제 막 어디 간다고 거짓말을 했지
이름조차 지어내지 않은 여자애를
만난다고 하지만 그 남자는 널 기다려
텅 빈 야구장 더그아웃에서
담뱃재와 버려진 콘돔 포장지와 함께
그는 널 기다려 끈적이는 손바닥과 민트 향
나는 숨결과 싸구려 머리 스타일과
누나의 리바이스 청바지를 입고
젖은 풀에서 오줌 냄새가 올라와
6월이긴 하지 그리고 넌 적어도
9월까지는 앳되지 그 남자는 사진과
달라 보이지만 괜찮아 왜냐면
넌 나오기 전에 엄마 볼에 뽀뽀하고
무려 여기까지 왔으니까 왜냐면
열린 바지 지퍼의 어두운 틈새는 얇은
비명을 지르기에 적당하니까
거기에 네 입을 심어서
새들이 물을 치는

소리를 들으려고 고무줄이
튕기는 소리 네 개의 손이 점점
수십 개로 변하고: 넌 욕망의 벌떼를
신부의 면사포처럼 쓰지만 그럴
자격이 없지: 이 젊은 남자와
그의 외로움을 가지려 해도
그가 너를 아름답다고 여기는 건 네가
거울이 아니니까 네가 버릴 수 있는
얼굴들이 많지 않으니까 넌 여기까지
왔어 아무도 아니기 위해 그리고 6월이야
적어도 아침까지는 넌 아직 젊어 유행가가
어느 죽은 아이의 방에서 흐르기 전까지는 물이
여름의 모든 모퉁이에서 흘러넘치고 너는 말해주고
싶어 *괜찮아* 밤 또한 우리가 기어 나와야 하는
묘지이지만 그는 이미
칼라를 정리하고 있어 옥수수밭은 비료가
김을 모락모락 피우는 잔인함이지 넌
목에 립스틱을 문지르고 떨리는 손으로 옷을
서둘러 입으며 말하지 *고마워요 고마워요 고마워요*
왜냐면 *용서해주세요*의 용법을 아직
배우지 않았고 그건 모르는 사람이
여름에서 잠시 나와서 너에게
한 시간의 삶을 더 줄 때
하는 말이니까.

균열 속으로

내게 굳이 살인 동기가 있었다면……
최대한 오랫동안 나와 함께 있게 하는 것,
그게 그들의 일부만 소유하는 것이라도.
제프리 다머

밭 안으로 차를 몰고 시동을 끈다.

간단해. 난 그저
남자를 부드럽게 사랑하는 방법을

몰라. 자상함은
때려눕혀야 하는

것일 뿐. 반딧불이 사파이어로
물든 공기에 매달렸다.

넌 너무 조용해서 거의

내일에 있어.

몸은 우리가

외롭지 않도록

부드럽게 만들어졌어.
네가 그렇다고 말했지

차가 서서히 강물로

채워지듯이.

걱정 마.
물은 없어.

네 눈만이

감기는 거야.
내 혀는

네 가슴 중심에 있어.
작고 까만 털들은

사라진 곤충들의
다리 같아.

난 원한 적 없는데

속살을.
살은 절대로

　　　　정확히 실패하기를
　　　　실패하지 않는지.

그래도 내가 만약 피부의
얇은 면을 뚫고

　　　　심장을 찾았는데
　　　　그게 주먹 크기가 아닌

예루살렘의 넓이만큼
열린 너의

　　　　입만큼
　　　　크다면. 그렇다면?

남자로서 남자를
사랑한다는 건 ─

　　　　나를 용서할 누군가를

남기지 않는다는 뜻.

아무도
남기고 싶지 않아.

간직하고
간직되고 싶어.

들판이 자기 비밀을
작약으로

변조하듯이.

빛이 그림자를
삼켜서

간직하듯이.

대처방식으로서의 아나포라

잠이 안 온다

그래서 넌 그의 회색 장화를 신고—다른 옷은 안 걸치고—

빗속으로 들어간다. *그가 이젠 떠났어도 난 여전히*

깨끗해지고 싶어. 만약 비가 휘발유였다면, 네 혀가

그은 성냥이었다면, 그럼 사라지지 않고도 변할텐데. 만약

그의 이름이 네 입안에서 치아가 되는 순간 그가

죽는다면. 하지만 죽지 않는다. 그는 들것에 실려 갈 때,

신부神父가 너를 방에서 데리고 나갈 때, 네 두 손바닥이 비처럼

축축해질 때, 죽는다. 네 심장이 더 빨리 뛸 때, 또 다른 전쟁이

하늘을 구릿빛으로 만들 때, 죽는다. 그는 매일 밤 네가 눈을

감고 그의 느린 날숨을 들을 때, 죽는다. 네 주먹이 어둠의

목을 움켜쥘 때. 네 주먹이 화장실 거울을 통과할 때. 그는

모두가 웃고 떠드는 파티장에서, 네가 부엌으로 들어가

오믈렛 일곱 개를 만들고 집을 태워버리고 싶을 때,

죽는다. 넌 숲으로 달려가 늑대에게 널

패달라고 하고 싶을 뿐. 그는 네가 깨어나고 영원히 11월일 때,

죽는다. 녹슨 전축 바늘에 녹아버린 지미 헨드릭스

LP판. 그가 2분간 너무 길게 너에게 키스한

아침에, 그가 잠깐 *나 너에게 할 말 있어*라고 말하고 너는

재빨리 가장 아끼는 분홍색 베개로 그의 입을 막아 그가

부드럽고 진하게 물드는 천 속으로 눈물을 흘릴 때, 죽는다. 그가

아주 조용해질 때까지 가만히 대고 있다, 벽이 녹아버리고
너희 둘이 다시 북적거리는 열차 안에 서 있을
때까지. 수년의 거리를 두고 본 블루스 춤처럼 너를
천천히 앞뒤로 흔들게 하는 것을 보라. 넌 여전히 신입생. 넌
여전히 손이 둘 밖에 없다는 사실이 무섭고. 그는 당신의 이름을
아직 모르지만 미소 짓는다. 그의 치아가 창문에 비친다
안녕이라고 말하는 네 입술처럼 ― 네 혀는
불꽃이 핀 성냥개비.

지상의 제7원圓

2011년 4월 27일, 동성 부부인 마이클 험프리와
클레이턴 캡쇼가 그들의 텍사스주 댈러스시
자택에서 방화로 숨진 채 발견되었다.

『댈러스 보이스』

1

2

3

1   마치 내 손가락이, / 당신의 쇄골을 / 닫힌 문 뒤에서 애무한 것이 / 나
    자신을 지우기 / 충분했던 양. 우리가 이 집이 / 영원할 수 없다는 걸 /
    알면서도 지었다는 걸 잊기 위한 양. 어떻게 / 손을 / 잘라버리지 않고
    / 후회를 / 멈추게 할 수 있는지. / 또 하나의 횃불이

2   빛의 꼬리를 끌며 / 부엌 창문을 통과하고, / 또 한 마리 길 잃은
    비둘기. / "웃기지." / 내 남자의 옆구리를 가장 / 따뜻한 곳으로
    여겨왔기에. / 하지만 웃지 말고 이해해줘, / 당신의 채취를 왕관처럼
    쓸 때 / 내가 가장 잘 불타오른다고 말할 때. 그 흙내 같은 땀내와 /
    올드 스파이스 향기를 / 밤마다 모색했지. / 낮에.

3   못 맡았을 때. / 우리 얼굴은 까매진다 / 벽에 걸린 사진들 속에서.
    / 웃지 마. 그냥 그 이야기나 / 또 / 해줘, 불타는 날개를 펄럭이며 /
    멸망하는 로마에서 달아나는 참새에 대해. / 골무가 된 목구멍 속에
    멸망이 둥지를 틀고 / 노래 부르게 한 얘기를

4

5

6

7

4   그 음악이 당신의 / 콧구멍에서 나오는 연기와 / 엮일 때까지.
    얘기해봐― / 목소리가 / 까맣게 탄 / 뼈의 으스러짐에

5   불과할 때까지. 하지만 웃지 마 / 이 벽들이 무너지고 / 참새가 아닌
    / 불꽃만 / 날아오른다면. / 그들이 와서 / 잿더미를 들춰보고―
    타버리고 질식된 / 내 혀를, / 이 주먹 쥔 장미를, / 당신의 소멸된 /
    입으로부터 떼어낸다면.

6   그을린 각 꽃잎이 / 우리들에게 남겨진 / 웃음으로 / 마르고 타 죽었을
    때. / 웃음은 재가 되어 / 공기 속으로 / 달링 속으로 여보야 속으로 /
    녹아버리고 / 달링, / 봐요, 우리가 얼마나 행복한지 / 아무도 아니면서
    여전히

7   미국인인 것을.

지상에서 우리는 잠시 매혹적이다*

I

그저 배고픔 때문이었다고
말해줘. 배고픔이란
가질 수 없다고 이미 아는 것을

몸에게 주는 것이기에. 이 호박琥珀빛이
또 다른 전쟁으로 조금씩 깎였다는 것이
내 손을 네 가슴에 고정하는 유일한 이유이기에.

I

내 포옹 안에서
　　　　　익사하는 너 —
가지 마.

그래봤자 혼자만
　　　　남게 되는

강물 속으로 몸을
　　　　던지는, 너 —

가지 마.

I

우리가 얼마나 용서받아야 할 정도로 틀렸는지 얘기해줄게.
어느 날 밤 아빠가 엄마 얼굴을 손등으로 때리고 부엌 식탁을
전기톱으로 내리찍고 화장실로 가 무릎 꿇었을 때 우리는
벽을 통해 그의 웅웅거리는 울음소리를 들었다는 것을 말이야.
그렇게 난 배웠지 ─ 절정 상태의 남자는 항복에 가장 가깝다는
것을.

I

항복한다고 말해봐. 설화 석고라고 말해봐. 잭 나이프.
　　　인동덩굴. 미역취. 가을이라고 말해봐.
네 눈동자는 초록색이지만
　　　가을이라고 말해봐. 낮의 빛에도 불구하고
아름다움이라고 말해봐. 그걸 위해 죽이겠다고 말해봐. 목구멍에
　　　트이지 못하는 새벽이 쌓이지.
추락으로 충격받은 참새처럼
　　　네 밑에서 털썩거리는
나.

I

해 질 녘: 우리 그림자 사이의 칼날 같은 꿈, 흘려 보내는.

I

사라지고 싶었어 ─그래서 모르는 남자의 차 문을 열었지.
그는 이혼남이었어. 얼굴을 손에 묻고 울고 있었고(손에서
녹슨 쇠 냄새가 났고). 시동 스위치에 꽂힌 열쇠고리에서
분홍색 유방암 리본이 흔들거렸지. 우리는 서로가 존재한다고
증명하기 위해 서로를 만지는 것 아닐까. 나도 한때 여기
존재했지. 달은, 멀고 깜빡거리는 달은, 내 목 땀방울 속에
자신을 가뒀지. 난 살짝 열린 창문을 통해 안개가 들어와 내
송곳니를 가리게 했어. 거길 떠났을 때 그 뷰익 세단은 풀밭에
멍하니 서 있는 황소 마냥 가만히 서서 내 그림자를 평온한
집들의 평면에 지져버렸지. 집에 온 난 횃불처럼 스스로를
침대 위에 던져버리고, 충혈되고 거대한 하늘이 나타날 때까지
불꽃이 엄마의 집을 갉아먹는 걸 지켜봤지. 얼마나 저 하늘이
되고 싶었는지 ─모든 비행으로 채워지고 동시에 추락하고
싶었지.

I

아멘이라고 말해봐. 회개하겠다고 말해봐.

그렇다고 말해봐. 그렇다고 말해봐

그냥.

I

샤워하면서, 찬물 속에서 땀 흘리면서, 씻고 또 씻었지.

I

너무 늦은 건 아니야. 흔적을 남기기에 너무
                이른 여름과 하루살이의 후광이 우리
머리에 걸렸지. 네 손은
                내 셔츠 안에 있었고
라디오의 잡음이 커졌지.
                네 다른 손은 네 아버지의
권총을 들어 하늘을 향해
                겨누고. 별들이 하나씩
조준선 안으로 떨어졌지.
                우리가 이미
도착했다면 난 두려워하지
                않을 거란 뜻이야. 이미 피부 안에
담기에 너무 많은 것들. 젊은 남자
                옆에서 자는 젊은
남자는 째깍거리는 소리로 가득 찬 벌판을

만들어야 하는 것을. 너의 이름을
부르면 시계들이 한 시간
더 뒤로 돌려지고
아침이
네 어머니 집 현관 앞에서
일주일 된 백합처럼 떨어진 우리 옷가지를
발견하겠지.

✻   이 시의 제목은 한국에 출간되어 있는 『지상에서 우리는 잠시
매혹적이다On Earth We're Briefly Gorgeous』(김목인 번역, 시공사,
2019)와 같다. 오션 브엉의 문학적 연관성을 보여주기 위해 김목인의
번역을 따랐다.

에우리디케

갈비뼈의 텅 빈
　　　　　허밍에 답으로
화살촉이 하루를
　　　　　바꿀 때
그건 사슴이 내는
　　　　　소리에 더
가깝지. 올 것을 빤히 알면서도
　　　　　계속 정원에 나 있는
구멍 속으로 걸었어. 왜냐면 잎들이
　　　　　진한 초록색이었고 불은 그저
멀리 있는, 분홍색 붓질
　　　　　자국일 뿐. 밝기는
중요하지 않아──네가 어디 서느냐에
　　　　　따라 빛이 얼마나 널
어둡게 하는지가 관건이지.
　　　　　서 있는 위치에 따라
네 이름은 죽은 사슴의 털가죽에
　　　　　갈가리 찢긴 보름달처럼 들릴 수 있지.
네 이름은 중력에 닿았을 때
　　　　　바뀌었지. 중력은 우리의 슬개골을
부러뜨리는 한이 있어도 하늘을

보여주려고 해. 왜 우리는 자꾸
그래라고 말했을까—

저 많은 새들에도 불구하고.
이제는 누가 우리를

믿을까? 라디오 안의 내 목소리가
뼈처럼 바스러지고.

바보 같은 나. 난 사랑이 진짜고
몸은 상상이라고 믿었지.

화음 하나만으로 모든 게
가능하다고. 하지만 우리 다시
여기—이 추운 벌판에

서 있잖아. 그녀를 부르는 그.
그의 곁에 있는 그녀.

그녀의 발굽 아래에서 끊어지는
서리 내린 풀.

"무제(파랑, 초록, 그리고 갈색)", 캔버스에 유화, 마크 로스코, 1952

텔레비전에서 비행기들이 빌딩에 충돌했다고 한다.
그리고 난 그래라고 대답했지, 네가
가지 말라고 했으니까. 우리가 굳이 무릎을 꿇고
기도하는 이유는 아마도 악마와 더 가까워야 신이
우리의 말을 들을까 해서. 너에게 하고 싶은 말이 많았어.
내 가장 큰 영예는 브루클린 다리를 건너며
날아갈 생각을 안 하는 것이었다고. 우리가 물처럼 산다는 것 —
새로운 혀에 침을 바르며 무슨 일이 있었는지
말하지 않는 것. 하늘이 파랗다고 하지만
아주 멀리서 보면 까맣다는 걸 난 알아.
넌 가장 고통스러웠을 때 무슨 일을 하고 있었는지
항상 기억할 것이야. 너에게 하고 싶은 말이
너무 많아 — 하지만 난 딱 한 번의 생만
벌었는걸. 그리고 아무것도 가져가지 않았어. 아무것도. 끝내
치아 한 쌍조차. 텔레비전이 자꾸 말했지 *비행기들이……*
비행기들이…… 그리고 난 조각난 앵무새로 만든
방에 서서 기다렸어. 그들의 날개가 네 개의 흐릿한
벽으로 만들어지도록 떨며. 거기에 네가 있었어.
네가 창문이었어.

동산 아래 여왕

들판에 다가간다. 복판에 검은 피아노가
기다린다. 난 무릎 꿇고 연주할 수 있는 걸
연주한다. 음 하나. 우물 속으로 던진
이빨 하나. 미끌거리는 잇몸에 내 손가락이
미끄러진다. 미끈한 입술. 주둥아리. 피아노가
아니라—검은 천 조각에 싸인
암말. 주먹처럼 삐져나온
하얀 주둥아리. 내 짐승 옆에
무릎 꿇는다. 천 조각이 그녀의 갈비뼈에
가라앉았다. 말 옆으로
떨어진 파란 하늘을
반사하는, 밤새 내린 비가
고인, 움푹 홈집이 난 피아노. 위에서
눌린 파란 지문
자국. 뭔가 불씨를 꺼야
했던 것처럼, 내가 유일한 방문객인
이 들판에 버려진 저
검은 꽃 한 송이만
남기고. 기도문에서
유배된 단어가 나부낀다. 바람이
주변 잔디를 납작하게

긁는다—말과 나는
마르기 전에 벽에 걸어서 흘러내리는
수채화. 초록 파도가 이
검은 바위를 에워싸고 난
뼈를 소나타로
변주한다. 손가락이 재빨리
내가 아는 것을 연주한다,
가장 달콤한 죄를
풀어놓은 과수원의
소리를 듣고 배운 나. 이 말에 파인
홈집이 한 삶을 살아볼 정도로
넓다. 지상에 난
하늘 웅덩이 하나. 죽은 자들을
내려다보는 것이 나 자신의
얼굴을 올려다보는 것과 같은 듯, 음악으로
짓밟힌 얼굴을. 천 조각을 들면
사산아만 한 심장을
드러내겠지. 천 조각을 들면
네 발 달린 그림자처럼 난 발굽을 맞대고
그녀의 옆에 누워
잠들겠지. 눈을 감으면
난 다시 피아노 속에 있고
눈을 감으면
아무도 날 해치지 못하지.

공기로 된 몸통—토르소

네 인생을 뜻대로 바꿨다고 하자.
그리고 몸이란 단순히 밤의

한 부분이 이상이라고 —— 멍으로
봉인됐지만. 일어나보니 너의

그림자가 검은 늑대로
바뀌었다고 하자. 남자는 아름답고

사라졌고. 그래서 대신 칼을 벽에다
대지. 파고 또 파서 빛의

동전이 나타날 때까지 그리고
그 안을 볼 수 있을 때까지,

마침내 행복 안으로. 반대편에서 눈이
시선을 돌려주며 ——

기다리고 있어.

갓 천벌을 저지른 자의 기도문

하느님 아버지, 제가 본 것을 용서하소서.
나무 울타리 뒤에서, 여름으로 환한 들판
위에서, 남자가 다른 남자의
목에 칼을 대는 것을 목격했나이다. 그 쇠가
땀 범벅인 목에서 빛으로 변했나이다. 용서하소서
이 혀를 하느님 아버지의 이름의 모양으로
뒤틀지 않은 것을. 모든 기도가
이렇게 시작한다고 생각한
것을—*제발*이라는 단어가
바람을 파편으로 쪼개어, 고통이
죄인에게 육체를 축복으로 되돌려준다는 것을
알아야 했던 아이에게 들린다는 것을. 시간이
갑자기 멈췄고. 남자의 입술이
검은 장화에 닿았고. 제가 그 눈을
사랑한 것이, 그토록 맑고 파란 것을
본 것이—맑고 파랗게 남도록 애원한
것이 그리 죄였나이까. 그의 가랑이로부터
젖은 그림자가 피어나 황토색 땅으로
흘렀을 때 내 볼에 경련이 일었나이까. 칼날이
얼마나 빨리 하느님 아버지가 되는지. 하지만
다시 시작하겠나이다: 모든 문이 여름을 향해

76

발로 차서 열어젖힌 집 안에 어느
남자아이가 무릎 꿇고 있나이다. 못다 한 질문
하나가 그의 혀를 부식하고. 하느님 아버지의
손가락에 닿은 칼날이 목청 안에 껴 있고.
하느님 아버지, 더 이상 아이가 아닌
소년은 어찌 되나이까. *제발―*
식인 양들 앞에서
양치기 소년은 어찌 되나이까.

아버지에게/내 미래의 아들에게

별들은 유전되지 않는다.
에밀리 디킨슨

문이 있었고 문은
　　　숲으로 둘러싸였지.

　　　　봐봐, 내 눈은
당신의 눈이 아니야.

　　　당신은 다른 나라에서 들었던
　　　　　　　빗소리처럼
　　　나를 통과해.
그래, 당신에겐 나라가 있어.
　　　　　　언젠가, 잃어버린 선박을
찾으러 갈 때 그들이 다시 발견하겠지……

어느 날, 슬로모션으로 진행 중인
　　　교통사고 와중에 사랑에 빠졌지.

우린 참 평화로워 보였어, 그의 담배가 입술에서 뜨며
　　　우리 머리가 꿈속으로 다시

젖혀지고 모든 것이
　　　　용서되고.

　왜냐면 네가 들은 것, 혹은 듣게 될 것이 진짜야. 거의
한 시간 내내 글을 썼고

　　　불이 글을 다시 가져가는 걸 봤지.

뭔가 항상 불타고 있었어.
　　　　이해하겠니? 입을 다물었지만
눈은 뜨고 있으니
　　　여전히 재 맛이 났지.

남자들로부터, 벽의 두께를 찬양하는 법을 배웠지.
　　　　여성에게는,
　　　찬양을 배웠고.

　　　내 몸이 주어지면 내려놓길.
그 무엇이라도 주어지면
　　　절대 눈 속에
　　　　　발자국을 남기지 않길. 내가

　절대로 계절이 변하는 방향을
선택하지 않았다는 것을 알길. 내 목구멍에서는 항상
　　　10월이고

또 당신이란: 녹슬기를 거부하는
　　　　　모든 나뭇잎.

빨리. 붉은 어둠이 움직이는 게 보이는지.

내가 당신을 만지고 있다는 뜻이야. 이건
　　　　　　　네가 혼자가 아니라는 뜻이야—네가
존재하지 않아도.
　　　　　　　나보다 먼저 거기에 닿는다면, 아무것도
　　　　　　　　　　생각나지 않고
내 얼굴이 찢어진 국기처럼 펄럭이며
　　　　　나타난다면—되돌아가길.

되돌아가 우리를 위해 내가 남긴 책을
　　　　　　　찾아봐, 무덤을 파는
　　　　　　　　자들이 잊은 하늘의 모든 색으로
　　　채운 그 책을.
　　　　　　　　　　　그걸 써.
그걸 써서 별들은 항상 우리가 생각해왔던
　　　　　　　그대로였다고

증명하길: 불발된 모든
　　　　　　　단어의
　　　총상이라는 것을.

폭발(의 나라)

뭐? ― 로 끝나는 농담이 있어
폭탄이 여깄다, 너희 아버지 하면서 시작하는 농담.

이제 너희 아버지 네
허파 안에 있어. 지구가 얼마나 더

가벼워졌는지 ― 폭발 이후에.
*아버지*라고 쓰는 것조차

폭탄으로 밝아진 종이 한 장에
하루의 일부를 새기는 일이지.

익사할 만큼의 빛은 있으나
뼈에 들어가 머무를 정도는

아니네. 여기에 머물지 마, 그가 말했다, 아들아
꽃 이름으로 부서진 채. 더 이상

울지 마. 그래서 달렸지. 밤 속으로 달렸지.
밤이란: 내 그림자가 자라고 자란다

아버지를 향해서

수음의 송가

너는 절대로
       성스럽지
않았고 그저 낚시
       바늘이
입에 걸린 채
       발견될

정도로
       아름다웠기에
너를 물에서
       뺐을 때
물이 불꽃처럼
       흔들렸지

그리고 가끔
       내 손이
스스로를 지구상에
       잡아 놓을 수
있는 유일한
       무엇이고

기도말고
      소리가
천둥 속으로
      들어가지
널 깨우는
      번개가 아니라

뒷좌석에서
      자정의 네온
주차장
      성수가
허벅지 사이를
      적신 채

거기선
      그 어떤 남자도
심한 갈증으로
      익사한 적은
없었지
      사정射精은

씹힌 별들의
      예술
표현이니
      들어라

굳어진 기쁨으로
        덮인 엄지를

그리고 아낌없이
        영양분을
혀에
        가르쳐라
이미지에
        빠진다는 건

그 안에서 문을
        찾는다는 뜻이다
눈을
        감고
열어봐
        밑으로 뻗어봐

갈비뼈 하나하나가
        연주되지 않은
건반의
        절박함으로
떨면서
        누군가는 이게

인간됨이라 말하지만

넌 이미 알잖아
가장 일시적인 형태의
영원함이라고
성인聖人들조차
이걸 만약이라고

기억하지 모든
발언과
숨 아래
하늘거리는
벚꽃 같은 숨이
그 누구의 봄으로도

흐느끼지 않아
이 문장들이
당신에게서 끌려가는
형제들이 낸
할퀸 자국과
얼마나 비슷한지

너의 이름은
귀에 들리진
않으나 무덤의
가장 작은
뼈들에게

들리며 너의

모든 꽃잎의
　　　여기 여기 여기로
4월의 공기를 불싸지르고
　　　가시철조망
빛 속에서
　　　꿈틀거리지

색채가 참수를
　　　부른다는 걸
알면서도
　　　난 밑으로 손을
뻗어 널 찾아
　　　미국의 땅에서

희망이라든가
　　　축제
성공 같은
　　　이름의 동네에서
리틀 사이공
　　　래러미 머니 같은

달콤한 입술에서
　　　그리고 샌퍼드의

나무들은 역사의
　　　무게가
나뭇가지를 부러뜨릴 정도로
　　　구부릴 수 있다는 걸 알고

돌 속을 파고드는
　　　문장들의 뿌리와
녹슨 쇠의 기억을
　　　모으는
견고한 사실들과
　　　쇠로 만든

아가리와
　　　자수정 그래
스스로를 만져봐
　　　이렇게
가장 부드러운 상처의
　　　치유 불가한 굶주림을

열어봐
　　　결국
하느님은 이 부위에서
　　　널 갈랐잖아
그가 어디서
　　　왔는지 상기시키기

위해 이 뿔
　　　　달린 심장 박동을
지구에 다시 고정시켜서
　　　　소리 내봐
어둠이 방주에서
　　　　추방된 얼굴 없는

짐승들을
　　　　유창하게 구사할 때까지
좆-클리토리스에서
　　　　소금을 긁어낸 걸
햇빛
　　　　이라고 부르면서

무서워
　　　　말길
이토록
　　　　빛나고
밝고
　　　　비어 있다는 걸

총알들은
　　　　널 관통하며
하늘을 찾았다고

생각하겠지
네가 밑으로
　　　손을 뻗고

이 피로
　　　따뜻한
몸을 마치
　　　단어에
뜻을 박아놓듯
　　　누를 때

그리고 살 때

노트의 파편들

어느 지친 남자 목에 난 상처 너비만큼의 따뜻함.
　　내가 되고 싶었던 것은 그것뿐.

가끔 나는 내 입에서 흘러넘치는 것을 느끼기 위해 너무 많은 걸 요구해.

발견: 가장 긴 내 음모는 1.2인치.

좋은지 나쁜지?

아침 7:18. 케빈이 어제 과다 복용했다고. 그의 누나가 음성메시지를
남김. 차마 다 듣지 못함. 올해만 세번째.

곧 그만둘게. 약속해.

오늘 아침 식탁에 오렌지 주스를 엎질렀음. 갑작스러운 햇빛
　　차마 닦아버릴 수 없는.

밤새도록 내 손은 햇빛이었어.

새벽 1시에 일어나 아무런 이유 없이 더피의 옥수수밭을 뛰었어. 사각
　팬티만 입은 채.

옥수수는 건조했지. 나에게서 난롯불 소리가 났어,
　　아무런 이유 없이.

할머니 말로는 *전쟁 당시 군인들이 아기의 발목을 각각 잡아서 가랑이*
　　를 찢어버렸지……
　　아무렇지도 않게.

드디어 봄! 어디를 가나 수선화가 있네.
　　아무렇지도 않게.

세계무역센터에서 나온 약 13,000구의 미확인 시신이
　　뉴욕시 어딘가 지하 저장고에 보관되고 있지.

좋은지 나쁜지?
지금쯤 천국은 중량 초과여야 하지 않나?

비가 "달콤한" 이유는 떨어질 때 세상의
　　많은 부분을 통과해서 아닐까.

달콤함도 식도를 긁을 수 있으니 설탕을 잘 저어야 해. ─ 할머니 왈

새벽 4:37. 왜 우울증이 걸렸을 때 더 살아있다는 느낌이 들지?

인생은 웃겨.

참고: 누군가 자신이 가장 좋아하는 시인이 잭 케루악이라고 하면
    그는 싸가지 없을 확률이 높음.

참고: 오르페우스가 여자였다면 난 이 깊은 곳에 갇혀 있지 않겠지.

왜 내 책들은 전부 날 빈손으로 만들까?

베트남어로 수류탄을 "bom"이라 하고 이건 프랑스어의 "pomme"에서
왔으며,
    그건 프랑스어로 "사과"라는 뜻이지.

아니면 미국 영어 "bomb"에서 왔나?

소리 없이 비명 지르며 깨어났지. 방은 새벽이라는 푸른 물로
채워지고.
    할머니 이마에 입 맞추러 갔지

혹시나 해서.

미군 용사가 어느 베트남 시골 처녀를 박았지. 그래서 우리 엄마가
존재하고.
    그래서 내가 존재하고. 고로 폭탄 없음=가족 없음=나 없음.

세상에.

아침 9:47. 벌써 네 번이나 딸딸이 침. 내 팔 죽여주는데.

가지=cà pháo="수류탄 토마토." 고로 영양분은 멸종으로 정의되지.

오늘 밤 남자를 만났어. 옆 동네에 사는
     영어 교사. 작은 동네. 물론

그러지 말아야 했으나, 그는 내가 아는
     사람의 손을 가졌어. 내게 익숙한 누군가의.

알맞은 말을 찾는 동안 테이블 위에서
     잠시 교회를 만드는 그의 두 손.

난 남자를 만났어, 너 말고 다른. 그의 방엔 책꽂이의 성경들이
     촛불로 일렁였지. 그의 고환은 멍든 과실. 가볍게

입 맞췄지, 수류탄에 입 맞추듯이
     밤의 입안으로 던지기 전에.

혀가 열쇠이기도 할까.

세상에.

널 먹을 수도 있겠어, 손등으로 내 볼을 쓰다듬으며.

나 우리 엄마를 몹시 사랑하나 봐.

어떤 수류탄은 흰 꽃들의 환영으로 폭발하지.

어두워진 하늘 아래 피어나는 안개꽃, 내
      가슴 위로.

혀가 핀일지도.

휘트니 휴스턴이 죽으면 나 미쳐버릴 거야.

남자를 만났어. 그만하겠다고 약속할게.

Pillaged village(약탈된 마을)은 "완전 각운"의 좋은 예야. 그가 그랬어.

그는 백인이었어. 아니 어쩌면 난 그 옆에서 혼자 난리였지.

아무튼, 그의 이름을 외우고 잊었어.

목마름의 속도로 이동하는 느낌은 어떨까—불 끄고
      부엌 바닥에 눕는 속도만큼 빠르다면.

(크리스토퍼)

아침 6:24. 고속버스 터미널. 뉴욕으로 가는 편도 티켓: $36.75.

아침 6:57. 사랑해요 어머니.

교도관들이 그의 원고를 태웠을 때 응우옌 치 티엔은 웃음을 참지 못
했지 —
　　　이미 283개의 시가 그 안에 있었으니.

너희 집까지 눈 속을 맨발로 걸어가는 꿈을 꿨어. 모든 것이
　　　잉크에 번져 푸른색이었고

넌 아직 살아 있었고. 심지어 네 창문에서 떠오르는 태양의 빛깔이
　　　보였어.

신은 계절인가 봐, 할머니가 말했지, 눈보라 속에 익사하는 자신의
　　　정원을 바라보며.

인도 위 내 발자국은 가장 작은 비행이었어.

신이시여, 당신이 정녕 계절*이라면*, 내가 여기에 오기 위해서
　　　통과한 계절이옵소서.

자. 내가 되고 싶었던 것은 그것뿐.

약속할게.

가장 작은 단위

넘어진 참나무 뒤,
윈체스터 엽총이
　　　　　소년의 설익은 손안에서
달그락거린다.

구릿빛 수염이 그의
귓가를 스친다. *쏴봐.*
　　　　네 맘대로 다뤄봐……

여름으로 무거운 난
뿌리를 파고들 준비된 발굽을
　　　　　질문처럼 위로 젖힌

암사슴. 그리고 하느님으로부터
버림받은 여느 존재처럼, 내 숨 이상의
　　　　　무엇도 원하지 않는다. 몇 세기의

굶주림으로 다져진
주둥아리를 들어 올려 낮은 곳에 열린
　　　　　계절의 손아귀에 멍들어가는 복숭아로

인도할 뿐.
쏴봐, 목소리가 이제
두꺼워진다, *끝까지*

가는 거야. 하지만 소년은 죽은 나무
속에서 울고 있다—볼이 콧물과 나무껍질로
범벅이 된 채.

언젠가, 조용히
기도하는 남자에게 여자의 향기를
맡을 정도로

가까이 간 적이 있다—
하늘에 더 가까이 무기를
들어 올리기 전에

접근하는 누군가처럼. 그러나 이 아침의 일분일초를
만드는 거친 안개를 통해,
거리의 가장 작은 단위인

이 일분일초에, 위로부터 두 팔이 소년의 손에서
소총을 조심스레 풀어주고 있고,
젖은 잎 사이로 소총의

쇠가 더욱 날카롭게 빛난다.

소총이 보인다…… 소총이 점점
내려져 결국 사라진다. 주황색

사냥 모자가 또 다른 주황색
사냥 모자에 닿는다. 아니, 어느 남자가
자기 아들을 내려다본다,

사냥당하는 모든 것이
몇 세기 동안 그래왔듯, 마시기 위해
수면 위에 떠 있는 자신의 모습을

내려다보듯이.

일용할 양식

꾸찌 땅굴*, 베트남

붉은색이란 검은색의 추억일 뿐.
제빵사는 새벽의 어둠, 마지막 남은
올해의 나날을 밀가루와 물에 반죽하러
일어난다. 혹은 그가 기억 못 하는
전쟁에서 남겨진 지뢰로 대기에
흩어진 그녀의 흰 종아리의 곡선을
재건한다고 할까. 지푸라기 한
뭉치로 오븐이 붉어진다. 자주개자리.
개나리. 디기탈리스. 거품 이는
반죽. 다 되면 효모 냄새 나는 증기를
찢어볼 테지만 그의 손바닥만
발견하겠지 —어렸을 때와
마찬가지로. 무게가 아닌 거리로
무거움을 쟀던 시절. 나선형 계단을
올라 그녀의 이름을 부르지.
울 담요를 걷으며 빵의 속살을
상상하지, 그녀의 환상지幻像肢를
입술에 올리며 맞춘 키스 하나하나가
공기와 빛으로 된 그녀의

99

발목에서 녹아버리지.
그리고 이것이 그녀의 얼굴에 얼마나
기쁨을 가져오는지 못 볼 것이니. 절대로
그녀의 얼굴만은. 왜냐면 난 그녀를
진짜로 만들기 위해, 여기에 나타내기
위해, 방을 비춰줄 약간의
빛을 써놓는 걸 잊을 것이니.
왜냐하면 내 손은 언제나 아버지의
손처럼 급하고 희미하기만 했기에.
그리고 비가 내리지. 난
집 위에 지붕을 씌우는 것조차 잊어버리고—
침실용 탁자에 기댄 그녀의 의족,
빗물로 가득 찰 때까지의 딸각딸각. 들어봐,
올해가 거의 다 지났어. 난 내 나라에 대해
아무것도 몰라. 난 글을 계속
써 내려가지. 난 삶을 건설하고 찢어버리고
태양은 계속 빛나지. 올라오는
파도. 소금 스프레이. 쓰나미. 난
당신에게 바다를 줄 정도의 잉크는 있고
선박을 주기엔 모자라도 이건 내 책이고
이 피부 안에 계속 머물기 위해 무슨
말이라도 하겠어. 사사프라스. 미송.
육분의와 나침반. 그 가을에 전화를
걸자, 아버지가 프레즈노 근처 40달러짜리 모텔에
앉아 위스키를 달그락거리던

계절. 그의 손가락은 사진처럼
초점이 흐릿하다. 마빈 게이가 라디오에서
*브라더, 브라더*를 외친다. 어찌
내가 알았겠어. 이 펜을 이 종이에
누름으로써 우리를 소멸로부터
밀어내고 있다는 것을. 우리가 뼈에 그을린
검은 잉크만이 아닌 불타는
과수원에 엎어진 뼈처럼 등이
하얀 천사들이었다는 것을. 여자의 종아리
모양으로 부은 잉크. 내가 되돌아가
지우고 또 지울 수 있는, 하지만
지우지 않는 한 여자. 입은 절대로
그 치아만큼 솔직할 수 없다는 것을
얘기하지 않겠다. 매일 부숴
꿀에 찍은—그리고
여느 거짓말처럼 출애굽기 언어로
드높인—이 빵은 그대가 배고픔을
믿는 만큼만 진실하다는 것을. 기아와
균열로 가득 찬 아버지가 새벽 4시
창문 없는 방에서 일어나 자신의 다리를
기억 못 한다는 것을. *먼저 가, 아가야,*라고
말씀하신다, *네 손을 내 등에 얹어, 왜냐면 내가*
정말로 거기 있다는 걸 믿고, 그의 아들이
지난 수년간 그 뒤에 서 있었다는 걸
믿으시니까. *네 손을 내 어깨에 올려봐,*

소년의 유령 속으로 피어오르는 담배 연기에
말을 거시겠지, 이제 펄럭여봐. 그래, 그렇게, 아가야.
안녕이라고 하는 것처럼 펄럭여봐. 그치?
내 말이……내 말이. 네 아빠는 말이다?
난단다.

✳ 남베트남 민족 해방 전선이 꾸찌 지역에 파놓은 게릴라 전투용 땅굴.
    지금은 베트남 관광 명소다.

돌아온 오디세우스

    그는 카라바조 그림에서 걸어 나온
양치기처럼 내 방에 들어왔다.

    그 문장에서 유일하게 남은 건
                              까만 털

        내 발밑에 조난된
곡선 한 가닥.

            바람에서 돌아와, 귀뚜라미로
    가득 찬 입으로 나를 불렀다—

            그의 머리카락에서 연기와 재스민 향을
피우며. 난 밤이

            수십 년으로 이지러질 때까지
    기다렸다—그의 손을

잡으려 하기 전에. 그리고 우리는

    춤을 췄다: 내 그림자가 샤기 러그 위의

그의 그림자를 짙게 만드는 걸 모른 채.

밖에서 태양은 자꾸 솟으려 했다.
　　　　해의 붉은 꽃잎 하나가 창문

　　　안으로 떨어졌고 — 그의
혀에 걸렸다. 그걸

　　　뽑아내려다

　　　내 얼굴,

거울, 그 균열, 귀뚜라미,
　　　음절 하나하나의 흘러넘침으로

멈춰버렸다.

언어공포증

그 후, 붉은 어둠에서
　　　깨어나
gia đình
　　　이라고 이 노란
리갈 패드에 썼다.

편지들을 들춰보면
　　　땅 밑이
다 보인다, 저
　　　뼈의 파란
흐릿함까지.

빠르게 —
　　　잉크로 마침표를
뚫는다.
　　　가장 깊은 구멍은
총알이

아버지 등을
　　　통과한 후
쉬려고

멈춰버린 곳.
빠르게 — 그 안으로

기어간다.
        난 단어들이
내 안으로
        들어왔듯이
인생으로 들어간다 —

이 크게
        벌린 입의
침묵
        속으로
떨어지면서

언젠가 난 오션 브엉을 사랑할 거야

오션, 두려워 마.
길의 끝이 너무나 멀리 앞선 나머지
이미 우리 뒤에 와 있어.
걱정 마. 네 아버지는 둘 중
한 명이 서로를 잊을 때까지만 네 아버지야. 우리
무릎이 아무리 아스팔트에 키스해도
척추가 날개를 기억하지 못하듯이. 오션,
듣고 있니? 네 몸의 가장 아름다운 부분은
어머니의 그림자가 드리우는
모든 부분이란다.
여기, 한 가닥의 지뢰선으로 깎아내린
어린 시절에 살았던 집이있네.
걱정 마. 그냥 그걸 *지평선이*라고 부르면
절대 닿을 일 없으니.
오늘은 오늘이야. 뛰어. 구명보트가
아니라는 걸 약속할게. 너의 떠남을
거둘 만큼 넓은 가슴을 가진
남자가 있어,
불이 꺼진 직후, 그의 다리 사이
희미한 횃불을 아직 볼 수 있을 때.
넌 그걸 쓰고 또 써서

네 손을 찾지.
기회를 한 번 더 달라고 하니
네게 스스로를 비울 입 하나가 주어졌지.
두려워 마, 총소리는
조금 더 오래 살려는 자들이 내는
실패하는 소리일 뿐. 오선아. 오선아—
일어나. 네 몸의 가장 아름다운 부분은
몸의 미래야. 그리고 기억해,
외로움마저도 세상과 같이 보낸
시간이라는 걸. 여기,
모두가 있는 방이야.
네 죽은 친구들은 바람이
풍경風磬을 통과하듯
너를 통과하고 있어. 여기 절름발이
책상 그리고 그 책상을 지탱하는
벽돌이 있어. 그래, 여기 방이 있어
따뜻하고 피처럼 가까운,
맹세해, 넌 잠에서 깨면—
이 벽들을
피부로 착각할 것이라고.

헌신

대신, 새해는 내 무릎을
딱딱한 나무 바닥에
긁으며 시작한다,
또 한 명의 남자가 내
목구멍을 떠나며. 새로 내린 눈은
창문에 탁탁 내린다,
각 눈꽃은 내가
영원히 닫아버린
알파벳의 문자.
왜냐하면 기도와
용서의 차이는
혀를 어떻게
움직이냐니까. 내 혀를
익숙한 배꼽의 소용돌이에
눌러, 달콤한 실이
헌신을 향해
내려간다. 그리고 너무
많은 공기로 날카로워진
네 치아 사이에 남자의
심장 박동을 간직하는 것만큼
신성한 것이

있을까. 이 입은 1월로
　　　　들어가는 마지막 입구, 창문에
탁탁 내리는 눈으로
　　　　조용해진.
그럼 어때―내 깃털이
　　　　불탄들. 난 하늘을
날게 해달란 적 없다.
　　　　단지 이걸
완전히 느끼고팠다, 이
　　　　모든 걸, 드러낸
피부에 눈꽃이 닿는 것처럼―
　　　　닿는 순간, 더 이상
눈꽃이 아닌 것처럼.

작가 메모

이 시집의 제사는 엘리엇 와인버거와 아이오나 만-청이 번역한
베이다오의 시「무제」에서 인용했다.

「문턱」은 칼 필립스의 시「우화」에서 문장 한 구를 빌리고
개조했다.

「불타는 도시의 오바드」는 어빙 벌린이 작곡, 작사한 노래「화이트
크리스마스」에서 인용했다.

「이민자 하이분」의 첫머리 글은 로즈마리 월드롭이 번역한 에드몽
자베스의『질문의 책』에서 인용했다.

「선물」은 리영 리 시인을 따라 했다.

「언제나 & 영원히」의 제목은 아버지가 가장 좋아하는, 루서
밴드로스가 부른 노래에서 따왔다.

「대처방식으로서의 아나포라」는 L.D.P.에게 바친다.

「동산 아래 여왕」의 제목은 로버트 덩컨의 시 「가끔 나는 들판에 돌아갈 허락을 받는다」에서 따왔다. 이 시는 에두아르도 코랄의 시 「후천성면역결핍증」에서 표현을 빌리고 개조했다.

「노트의 파편들」은 샌드라 림의 시 「어두운 세계」에서 시구 하나를 빌렸다. 응우옌 찌 티엔은 베트남의 반체제 시인으로서 자신이 쓴 글 때문에 감옥에서 총 27년을 보냈다. 옥살이 중 필기구 없이 시를 창작하고 외웠다.

「언젠가 난 오션 브엉을 사랑할 거야」의 제목은 시인 프랭크 오하라와 로저 리브스를 따라 했다.

「헌신」은 피터 비엔코스키에게 바친다.

감사의 말

이 시들이 (가끔 다른 형태로) 처음 세상에 나타났던 다음
문예지들의 편집자들에게 김이 모락모락 나는 재스민 차
한 포트를 바친다.

*The American Poetry Review, Assaracus, Beloit Poetry Journal, BODY
Literature, Boston Review, Columbia Poetry Review, Court Green,
Crab Orchard Review, Cream City Review, Dossier, Drunken Boat,
Eleven Eleven, Gulf Coast, Linebreak, Narrative, The Nation, The
New Yorker, The Normal School, PANK, Passages North, Pleiades,
Poetry, Poetry Daily, Poetry Ireland, The Poetry Review, Quarterly
West, South Dakota Review, Southern Indiana Review, TriQuarterly,*
그리고 *Verse Daily.*

「에우리디케」는 *The Dead Animal Handbook* (2015)에도 실렸고
「수음의 송가」는 *Longish Poems*(2015)에도, 「언제나 & 영원히」
「일용할 양식」 「갓 천벌을 저지른 자의 기도문」과 「총상으로서의
자화상」은 *The BreakBeat Poets*(2015)에도, 「폭발(의 나라)」
「에우리디케」 「가정 파괴범」 그리고 「텔레마코스」는 *Poets On*

114

Growth (2015)에도, 「총상으로서의 자화상」은 *Pushcart Prize* (2014)에도, 「대처방식으로서의 아나포라」는 *Best New Poets* 2014에도 실렸다. 「텔레마코스」는 『벨로이트 시 저널Beloit Poetry Journal』 주최 2013 채드 월쉬상Chad Walsh Prize을 수상했고 「갓 천벌을 저지른 자의 기도문」은 『미국 시 리뷰American Poetry Review』 주최 2012 스탠리 쿠니츠 젊은 시인상Stanley Kunitz Prize for Younger Poets 수상작이다.

시비텔라 라니에리 재단Civitella Ranieri Foundation, 엘리자베스 조지 재단Elizabeth George Foundation, 미국 시 재단Poetry Foundation, 미국 시인의 집Poets House, 그리고 솔턴 스톨 예술 재단Saltonstall Foundation for the Arts의 지원에 감사의 마음을 표한다.

나를 믿어준 코퍼 캐년 출판사에 감사하다.

사랑하는 친구들, 선생님들, 그리고 편집자들의 도움에 감사를 전하고 싶다.

그리고 피터에게, 피터이기에 감사하다.

옮긴이의 말

오션 브엉의 시를 번역하면서 가장 우려했던 것은 과연 영한 번역, 그것도 시의 영한 번역이 저로서 가능할지의 여부였습니다 (물론 번역을 제안한 문학과지성사에게는 얼마든지 가능하다고 우겼죠. 선 계약, 후 고민!). 다행히 훌륭한 문지 편집부의 노고 덕분에 번역을 무사히 마칠 수 있었습니다. 번역이야 20년 넘게 해온 일이지만, 시 번역, 영한 번역 초보자인 저에게 이토록 중요한 작품을 맡겨주시고 지원해주신 문지의 여러 관계자분들에게 진심으로 감사드립니다.

또한 감사하다고 말씀드려야 하는 분이 바로 시인 오션 브엉입니다. 시가 비교적 쉽게 한국어로 풀렸거든요. 번역을 가르치면서 자주 마주하는 편견입니다만, 시를 많이 어려워하고 시 번역을 불신하다시피 하는 분들이 많은데요, 오션 님의 시는 우리가 생각하는 것보다 우리와 가까운 시이면서 그만큼 번역에 스스로 잘 맡겨지는 시이기도 해서 기대했던 것보다 수월한 작업이었습니다. 그 수월함이 읽기의 수월함으로 번역되었길 바랍니다.

베트남과 한국 모두 미국과 복잡한 인연을 가졌죠. 아니, 얽혔다고 하는 게 더 정확할까요. 제가 하는 일이 시인 오션이 제국의 언어로 풀려 노력한 이 얽힘을 한국어로, 즉 제국의 "의뢰인 국가"인 한국의 언어로 또다시 푸는 작업이라는 사실을 항상 인지하며 번역에 임했습니다. 저는 한국인 한영 번역가입니다. 한국과 미국의 묘한 상하관계를 오가며 제가 하는 일에 대해 더 큰 고민을 하지 않을 수 없는데요, 그 방향성이 한영에서 영한으로 전복되고 작가가 한국인에서 미국인으로, 그것도 백인이 아닌 동양계, 그것도 베트남계 미국인의 글을 옮긴다는 복잡미묘한, 거듭되는 권력의 전복, 재전복 관계들이 끝내 깔끔하게 정리되지는 않았습니다. 시인과 번역가가 같은 퀴어 당사자라는 공감대에서 가끔 숨을 돌릴 수 있었으나, 베트남전의 파병 국가 출신 번역가가 세대를 넘는 트라우마를 그 파병 국가 출신 사람들에게 여과 없이 전해야 한다는 책임감이 저를 매우 조심스럽게 만들었다고 할까요. 번역은 본래 정치적인 행위이며 역사적으로도 제국주의, 식민주의와 얽혀 있어 번역가들을 "제국의 시녀"라고 부르는 사람들이 아직도 있답니다. 그 어감이 매우 불쾌하지만 그 말의 뜻이 아주 정당하지는 않다고 누가 확신할 수 있을까요? 제가 어렸을 때 부모님은 저에게 한국에서는 절대로 공공장소에서 영어를 사용하지 말라고 당부했습니다. 요즘은 덜하지만, 지하철이나 버스에서 어린아이들이 영어로 얘기하고 있으면 괜히 혼내는 노인들이 종종 있었으니까요. 영어를 사용한다고 아이를 혼내는 게 옳다는 건 아니지만 언어에서 비롯되는 그 위화감은 왜 생기는지, 번역가라면 한 번쯤 고민해봐야 한다고 생각합니다.

이 모든 우려를 뚫고 여러분 손에 있는 이 번역서를 가능하게 해준 것은 오션 브엉의 배려였습니다. 한국에서는 "글이 친절하다"는 표현을 쓰죠. 이는 작가가 독자를 위해 많이 배려해준다는 의미입니다. 추상적인, 뜬구름 잡는 얘기나 묘사보다 상황이나 생각이 잘 이해가 되도록 써주는 작가를 친절한, 혹은 부지런한 작가라고 합니다. 그 반대는 불친절한, 게으른 작가라고 하죠. 부지런하든 게으르든 그것은 그 작가의 마음입니다. 그 마음을 어떻게 번역하는지는 번역가의 마음이고요. 저는 최대한 오션 브엉 시인의 따스함을 전하려고 노력했습니다. 왜냐하면 저도 그 따스함으로 번역에 임할 수 있었으니까요. 트라우마를 옮기지 않으면서 그 트라우마의 현실과 대면할 수 있도록 하는, 시인의 고도의 기술과 배려. 번역을 하면서 모든 것을 저 강물 너머로 실어 나를 수는 없었어도 이 배려만큼은 무사히 이쪽 강변에 도착했길 빕니다.

2022년 11월, 인천 송도에서.

추천의 말

한국에 장정일이 있었다면 미국에 오션 브엉이 있다.

첩첩 삶을 짊어진 장정일, 억눌린 장정일, 소리 지르는 장정일.

명치에 걸린 뭔가를 토해내는 데스메탈. 이 힘, 이 검붉음, 시끄러운 적막……

브엉에게 시 쓰기는 이런 행위 아닐까? "어느 봄날/제왕나비를 공중에서 뭉개버렸던 적/그 촉감이 궁금했거든" (「아버지가 감옥에서 편지를 보내다」에서)

짓이겨지다시피, 눌려, 기어 나오는 언어들.

속에 담아두었다면 그런대로 견디었을, 말들이 터져 나오는 고통.

"가끔 내가 '&' 기호인 느낌이다"(「이민자 하이분」에서)

한 영혼과 그 영혼이 깃들어 있는 몸뚱어리가 꿈틀꿈틀 태어나는 파동 속에 기어 들어가

독자는 '&' 자세가 되지 않을 수 없다.

황인숙(시인)